"J'écris pour
les rêveurs
écrasés sous
le poids de
ces millions
de vies qu'ils
ne vivent pas."

Plus de likes

DORIAN MASSON

que d'amour

L'ICONOPOP

À C. Martin,
qui savait avant tout le monde
et surtout avant moi.

UN CHAT

Je suis un chat
Une danseuse
Une actrice lesbienne ratée
Qui fait serveuse pour survivre

Un squelette asexué
Un majordome incestueux
Venu d'une planète transsexuelle

Un enfant perdu dans un centre commercial
Qui saisira toutes les mains
Montera dans tous les fourgons
Sucera tous les bonbons
Si on lui dit qu'il est beau

Je suis une hyène
Un cyber-punk
Un irrégulier
Un malefactor

Je maudis les têtes d'affiche
Je caresse les monstres du cirque

Touche-à-tout
Bon à rien

Carencé protéinique
Déséquilibré chimique
Desséché lacrymal

Réglage d'usine sur Survie

Je veux qu'on me baise
Qu'on me dise qu'on m'aime
Qu'on se tue pour moi

Je vous hais
Ne me laissez pas seul.

PENSÉ COMME UNE FILLE

Pendant toute sa grossesse
Ma mère attendait une fille
Même après avoir su
Que je serais un garçon

    Est-ce de là que me viennent
    Ces grands yeux noirs qui se détournent?

Je me serais appelée Sara
Ou bien Rachel
On me mettrait de belles robes
Et elle me coifferait les cheveux

    Et ces longs cils qui te caressent?

Avec moi, elle ferait du shopping
Et on parlerait de Patrick Bruel
Ou de n'importe quelle autre star
Qui se serait fait refaire le nez

Et le piano délicat de mes doigts fins sur ta peau ?

J'aurais plus de conversation que mon père
Et, c'est sûr, je comprendrais
Ce que les garçons ne comprennent pas
« Parce que les filles, c'est comme ça »

Et ces paupières fardées de noir ?

Elle m'apprendrait à cuisiner
À recoudre les poches trouées
Et à faire des nœuds dans les torchons
Quand les hommes perdent leurs affaires

Et ces perles à mes poignets ?

Pendant toute sa grossesse
Ma mère attendait une fille
Même après avoir su
Que je serais un garçon

Est-ce de là que me viennent
L'expertise de tes soupirs
Et des élans de ta langue

Et l'envie

L'envie de Toi ?

nOzam

Il y a des regards qu'on attrape
qu'on ne voudrait jamais rendre.

Aimé par **sandraperle_** et **d'autres personnes**
nOzam Les passant(e)s... suite

JET FUEL CAN'T MELT STEEL BEAMS

Tout le monde se rappelle
Où il était
Le 11 septembre 2001

Et toi

Moi je jouais sur le carrelage
Du salon de Josiane, ma nounou,
Avec des soldats, des dinosaures
Et une toute jolie petite fille
Qui louchait derrière ses grandes lunettes rouges

Et toi

Le long manteau noir de ma mère
A suivi le cri de la sonnette
Et mon oreille distraite
A entendu les grands parler :

Et toi

« Vous avez vu ? Les tours à New York ? »
Quelques mots sur des avions
Un autre jamais entendu
« Terroriste »
Et surtout des pauvres gens
Qui se jettent par des fenêtres

Et toi

Mon cerveau d'enfant roi
Forme les images anecdotiques
D'une barre d'immeubles qui tombe
Et d'une vie qui reprend son cours
Entre deux journées d'école
Bien plus longues et effrayantes
Que tous les ennemis invisibles

Et toi

Ce soir-là, à la maison,
Il n'y a pas le Bigdil à la télé
Et David Pujadas fait semblant d'être triste
Ils encouragent les parents
À éloigner les enfants du poste
Mais les miens ne le font pas
Alors je les vois
Ces gens
Qui s'envolent, à toute vitesse
Vers le sol

Et toi

J'ai huit ans, presque neuf
Demain, les copains et moi répéterons
Ce que disent nos parents et la télé
Avant de recommencer à nous battre pour rien
L'école nous dira
De ne pas nous inquiéter
L'expression « Vigipirate »
S'installera dans notre vie
Plus Capitaine Crochet que Jack Sparrow

Et toi

Tout le monde se rappelle
Où il était
Le 11 septembre 2001
New York s'est noyée dans la fumée
Les pompiers étaient des dieux
Au téléphone, des otages disaient « Je t'aime »
Pour la dernière fois
L'histoire s'est pris les pieds dans ses lacets
L'Occident a fait pipi dans sa culotte
Les rois du monde ont mangé leur pâte à modeler

Et toi
Toi, mon amour,

Tu venais de naître.

nOzam

Y a que la vérité qui blesse.

Alors on ment, putain,
qu'est-ce qu'on ment.

Aimé par **tony__rln** et **d'autres personnes**

nOzam White lies / Pieux mensonges... suite

LA LOI DE PARKINSON

Cours, petit homme
Remplis tes jours et fuis tes nuits
Avale l'existence plus que tu ne la recraches
Sois premier au classement de ceux qui sont arrivés trop tard
Et partiront trop tôt
Sans avoir rien compris

Danse au bout des fils tirés par le
Dieu des tickets-restaurant et des comités d'entreprise
Choisis toujours, ne renonce jamais
Sacrifie tout ce qui compte
Tous les manuels et toutes les notices ont brûlé, de toute façon

Tombe et relève-toi, toujours plus mauvais qu'avant
Avec un sourire plus brillant, toujours
Ne remets pas à demain ce que tu peux rater aujourd'hui

Cours, petit homme
Crois, prie, espère, implore, danse, cache-toi et fais l'amour
Tu te fatigues pour rien

Ta vie n'occupera jamais plus ou moins de place
Que celle qui lui a été affectée.

UN GENRE DE FANTÔME DE L'OPÉRA

Est-ce de ma faute, à moi
Si je suis né dans les coulisses ?

C'est là qu'on m'a mis
C'est là qu'on m'a laissé
C'est là que je reste

J'ai grandi derrière le rideau
En ayant peur de la lumière
Détestant les acteurs
À. En. Crever.

Ils se croient bons comédiens
Se prennent pour des étoiles
Mais ce sont des marionnettes

Est-ce de ma faute, à moi
Si je vois tous les fils
Au bout desquels ils dansent ?

C’est moi qui allume la lumière
Et l’éteins quand ils partent
C’est moi qui tire les câbles
Et ouvre les trappes
Et les applaudissements
Sont toujours pour les autres

Est-ce de ma faute, à moi
Si je suis né dans les coulisses ?

Moi qui voudrais tant
Ne plus voir tous les fils
Et danser
Danser
Danser

Jusqu’à ce que quelqu’un d’autre
Éteigne la lumière.

J'AI PLEURÉ AU MARIAGE

Quand ils se sont mariés
Mes parents ont pris une plante

Une plante grasse, d'intérieur
Qui donne parfois des fleurs

C'était leur symbole
Leur histoire à eux
Ils aimaient la raconter

Que cette plante datait
Du jour où ils s'étaient mariés

Les années passent, la passion aussi
La plante fane, mais jamais ne meurt
Et même si c'est rare
Elle donne parfois des fleurs

Ils s'en occupent mal
Comme de l'un et de l'autre
Parfois trop, souvent pas assez
Un jour, ils la noient
Un autre, la laissent assoiffée

Quand ils se sont mariés
Mes parents ont pris une plante
Une plante grasse, d'intérieur
Qui donnait parfois des fleurs

C'était il y a trente ans
L'année dernière, la plante est morte
Mes parents vivent encore
Leur mariage aussi
Et « merde » aux symboles.

ELLE S'APPELLERAIT SÛREMENT ÉLISE

Certains ont
Dans le cœur
Des oiseaux bleus qui veulent sortir

J'ai, dans le mien,
Une jeune fille
Qui veut rester enfermée

C'est une adolescente
Incomprise et jamais vue
Toujours seule, jamais trahie

C'est une adolescente
Qui veut qu'on la regarde
Et qui crève d'être aimée

Elle est assise sur un banc
Juste là, dans ma poitrine
Et je la regarde, sans lui parler

Je ne sais pas quoi lui dire
Ni comment la sauver
Un jour, peut-être,
Je la prendrai par la main
Et elle acceptera de sortir

Un jour, peut-être,
Je la prendrai par la main
Et c’est moi que je trouverai
Enfin.

UN PUTAIN DE PARC

Les adolescentes se prennent en selfie
Devant des arbres dont elles ignorent le nom
Sous le regard des garçons
Dont les coupes de cheveux
Trahissent un QI en chute libre

Une princesse esseulée
Caresse un crapaud
En attendant le sien
Qui arrivera toujours trop tard
Et ne sera jamais assez bien

Les canards ricanent comme des bâtards
Les femelles chassent les mâles
Les chiens se reniflent le cul
Sous le regard amusé des vieilles
Qu'on prend à tort pour des gentilles

Les vieux fous contemplent la mort
Mais ils le font au soleil
Et les joggers sculptent un corps
Condamné à mourir

Pendant ce temps, Byblis pleure
Sans savoir que je l'aime.

nOzam

La vie est une fête.

Je ne sais pas faire la fête.

Aimé par **leamaria.magri** et **d'autres personnes**

nOzam Quelqu'un d'autre... suite

DUGOMMIER

Quand l'amour frappe dans le métro
Pourquoi faut-il toujours
Que l'être aimé
Soit sur le quai d'en face ?

Un plus courageux que moi
Traverserait les voies
Au risque d'un coup de foudre
Définitif

Mais je suis attaché au romantisme
De rater l'autre
De rater tout

Quand l'amour frappe, où que ce soit
Pourquoi faut-il toujours
Que l'être aimé
Soit sur le quai
D'en face ?

HIGH MAINTENANCE

J'attends toujours quelqu'un
Qui parlera ma langue
Et si ce n'est pas sa langue maternelle
Ce sera encore plus
Beau.

n0zam

…

3,8 milliards d'années d'évolution

pour en arriver à toi.

Aimé par **cauvel.debeauville** et **d'autres personnes**

n0zam Amour darwinien... suite

C'EST POURQUOI LES JEUNES HOMMES T'AIMENT

Sur la liste des choses à faire
J'ai écrit « Rendre Ariel Spiegler »

J'ai emprunté Ariel Spiegler
Elle m'a raconté des mots de sa mort
Mis de sa vie dans la tête

J'ai pris Ariel Spiegler
Elle m'a caressé des poèmes
Elle m'a embrassé des angoisses
J'aimerais parler un yiddish interdit
Entre les cuisses d'Ariel Spiegler
Mais il faut que je la rende

Alors voilà, Ariel
Va faire nager ta langue de lin
Dans les mers d'un pays que je ne connais pas
Et les déserts millénaires
D'un peuple qui est un peu le tien
Un peu le mien
Mais pas vraiment le nôtre

Va faire des rois d'autres hommes
Plus chanceux que moi

Sur la liste des choses à faire
J'ai écrit « Rendre Ariel Spiegler »
Comme si elle m'avait jamais
Appartenu.

LENDEMAIN

Le jaune de ta robe
Le sourire à tes lèvres
Le nœud à tes cheveux

Mon regard dans le tien
Ton rire à mes oreilles
Ton bras sous le mien

Mes ricanements cruels
Tes « Je t'aime » vides de sens
Tout ce que tu détestes
Tout ce que je méprise

Et mon sperme sur ton corps
Et mon sperme dans ton corps
Et ton sang sur mon sexe

Ton vomi dans mes draps
Ton vomi sur mes murs
Le silence

Et ta main dans ma main
À côté de la notice
De la pilule du lendemain.

I WOULD NEVER SAY IT TO HER FACE

Je lui dis qu'elle est belle
Et elle ne me croit pas

C'est son poids
Ses cheveux
Ou le jogging qu'elle porte

Elle est embarrassée d'elle-même
De son rire ou ses larmes
De ses hanches ou ses seins

Alors elle ne me croit pas

Elle ne comprend pas
Que lorsque je la regarde
Je la vois nue et habillée
De nos souvenirs
De nos projets

Et ses pieds se chaussent
Dans le chemin qu'il nous reste à faire

Elle porte la robe
De tout ce qu'elle est pour moi
Et dans cette robe
Putain
Je la trouve belle

Alors
Je lui dis.

n0zam

Mets-toi à moitié nue

et recommence.

Aimé par **isalouregen** et **d'autres personnes**

n0zam Prepare for trouble... suite

SAINTE NOTIFICATION
PRIEZ POUR ELLE

Dans le sommeil absent
Des nuits qui ne reviendront jamais
J'attends que ton nom
Rallume la lumière bleue
De mon écran endormi

Je veux qu'il chante
La sonnerie de tes mots
Tes mots idiots
Tes mots feignants
Tes mots dangereux
Ces mots trop jeunes et imprudents
Que je te pardonnerai.

06 25 09 13 _ _

Je suis un distributeur de joie
En rupture de stock
C'est moi qu'on appelle
Quand l'amour se jette par la fenêtre
Et que le doute est dans l'escalier

On me refuse l'utilité publique
Et je ne suis pas remboursé par la sécu
Car je suis hautement addictif
Et m'arrêter sans substitut
Est vivement déconseillé

Mais le téléphone continue de vibrer

Oui, je crois que ça va aller.

Bien sûr que ça ira mieux, forcément.

Je te promets que ça va passer
Et que tout ira bien.

Tu fais de ton mieux.

Qu'est-ce que tu en penses ?

Qu'est-ce que tu ressens, là ?

Qu'est-ce que je pourrais faire,
qui te fasse te sentir mieux ?

Mon protocole est rodé
Et tant que je ferai sourire
Autant que j'ai fait pleurer
Ça ira pour moi aussi

Je suis un distributeur de joie
J'aimerais simplement qu'il en reste un peu
Pour moi.

PERPÈTE

Je vis dans une prison
Le geôlier est sympa
Le lit est confortable
Les repas sont corrects
L'air est même doux
Ma cellule fait 510,1 milliards
De mètres carrés
Et je choisis l'ennui
À perpétuité

Coupable de tout
Complice de personne
Je rêve d'une promenade
Mais le gardien est parti

Je vis dans une prison
Je gratte les murs
Je frappe ma tête contre les barreaux
Et la clé est dans ma poche.

LES ANNÉES 20

C'est un monde sans pailles en plastique
Où on se méfie des Asiatiques qui éternuent
Dans les métros qui ne circulent pas

Les ados s'envoient des nudes sur Snapchat
Les grands s'envoient en l'air dans des hôtels Ibis
Et les hommes baissent les yeux quand une femme
les regarde

Les robots baisent mieux que les pandas
Les koalas qui brûlent
Passent mieux à la caméra
Que les Syriens qui pleurent en tendant la main
À la vitre de mon Uber

Un fabricant de lance-flammes
Envoie des voitures en orbite
Autour de la planète Mars
Des millionnaires se touchent sur Twitch
Et une souris en slip rouge me rackette de 8,99 € / mois

Ils veulent qu'on les appelle Elle
Elles veulent qu'on les appelle Il
On veut surtout qu'on nous appelle, tout court
Parce qu'il y a plus de likes que d'amour
Et Wikipédia ne nous apprend pas à vivre.

nOzam

Jamais tout à fait sûr
d'être au-dessus

ou en dessous
de tout.

Aimé par **rimbattal** et **d'autres personnes**
nOzam Sur le fil... suite

LA FIN DE CE POÈME VA VOUS ÉTONNER !!!

Hey, salut !
C'est n0zam
~~help~~
Avant de lire ce poème
N'oublie pas de
Lâcher un « J'aime »
Un commentaire
Partager le poème avec tes potes poètes
~~ceux qui sont pas morts d'une OD~~
Et, surtout, abonne-toi
Pour profiter de poèmes exclusifs !
Le poème va commencer tout de suite
Mais avant, il faut que je te dise
~~que j'ai tellement mal, putain~~
Que ce poème vous est présenté par
Mes Souvet'®
« Les sous-vêtements **Mes Souvet'®**
S'adaptent à toutes les morphologies
~~même la tienne, grosse merde~~
~~même la tienne, sac d'os~~
Et sont conçus dans un textile
Soucieux de la planète et ses écosystèmes
Avec **Mes Souvet'®,** je sais où mettre ma ######### »

Perso, je porte un boxer **Mes Souvet'®,** là maintenant
Et même si le prix n'est pas forcément abordable
~~pas de tarif demandeur d'emploi, #déso~~
La douceur de la matière sur ma peau sensible
Ajoutée à la certitude de faire un geste qui compte pour la planète
Ça m'a convaincu
~~mais le chèque de sponsoring a aidé aussi, j'avoue~~
Bon, maintenant j'espère que t'es prêt
Pour le poème d'aujourd'hui
Bonne lecture :

Ce poème est inaccessible

Vérifiez si le nom du poème est correct.
DNS_PROBE_FINISHED_NXDOMAIN

FLORIAN, C'EST ÇA ?

« Je ne vous entends plus jouer du piano.
C'est dommage, j'aimais bien vous entendre. »

J'ai croisé la voisine
Elle habite l'immeuble depuis 1973
Je ne l'avais pas vue depuis si longtemps
Que je la croyais morte

J'avais de bonnes raisons
Ses sourcils se sont effacés
Et ses cheveux semblent un peu trop
Ou pas assez je ne sais quoi

« Cancer du sein » me dit-elle
Mais elle en est enfin sortie
Elle me dit qu'elle va de mieux en mieux
Me raconte son travail, avant, à l'hôpital
Elle était infirmière

Elle habite l'immeuble depuis 1973
Elle n'est pas certaine
De me l'avoir déjà dit
Je ne lui dis pas
Que si

Elle me demande mon prénom
Je le lui donne
Elle ne s'en souvenait pas
« Marie-Annick » me dit-elle en souriant
Je m'en souvenais

Elle rentre chez elle
S'appuyant sur le mur
Boitillant légèrement
Je l'entends fermer sa porte
Et mettre la chaîne
De ses mains tremblantes et fatiguées

Je rentre chez moi
Je crois que je vais jouer un peu de piano.

RUE DES MOINES

Il y avait des photos sur le trottoir
Des dizaines d'instantanés
Comme crachés d'une poubelle éventrée

Un peu de vie, laissée là
Des souvenirs comme les miens
Une famille comme la nôtre
Des sourires d'enfants
Des vêtements passés de mode
Des Noëls sur cassette VHS
Alors je me suis arrêté

Il y avait des photos sur le trottoir
Un peu de vie sur le goudron
Des visages oubliés, qui ne regardent plus personne
Et que personne ne regarde plus

Il y avait des photos sur le trottoir
Comme si quelqu'un avait voulu
Jeter un peu de son histoire

L'histoire d'une époque où
Les photos s'imprimaient encore
Et n'étaient jamais perdues

Il y avait des photos sur le trottoir
Mais elles n'étaient pas pour moi
Elles n'étaient que pour l'Oubli

Alors j'ai repris mon chemin
En marchant sur le visage d'une petite fille qui riait.

JUST. DO WHAT.

Elle m'a dépassé en courant
Joggeuse. Courageuse
Elle portait un haut blanc
Au dos duquel il était écrit :
« DO IT. »
D'accord. I'll do it
Mais…
Do what ?

SAFEWORD

J'ai dit « Stop »
J'ai demandé pardon
J'ai dit que j'allais tout arrêter
Si elle arrêtait aussi
De me faire mal

Tout son poids sur moi
Ses deux genoux
Qui s'enfoncent dans mon torse
Ses griffes de métal
Qui enserrent mon crâne

J'ai arrêté de pleurer
Pour qu'elle arrête
Puis j'ai pleuré
Pour qu'elle arrête

Et comme je remuais dans tous les sens
Je me suis dit que
Si je cessais de bouger
Elle arrêterait

Alors j'ai arrêté
De me plaindre
D'espérer
De croire
De vouloir
J'ai débranché
Un par un
Tous ces câbles qui ne me servent plus
J'ai éteint toutes les lumières
Ouvert toutes les portes
Vidé toutes les cages
J'ai tout arrêté

Elle m'a regardé
De ses yeux noirs
Et son pied est venu me défoncer l'estomac.

nOzam

•••

Son paradis est pavé

UN INSTANTANÉ

À travers la porte vitrée
Couverte de buée
De la douche brûlante
Je la vois qui s'apprête
Devant le miroir

Elle porte un soutien-gorge noir
Et une paire de collants
Sur une culotte

Je la regarde
Comme si je ne l'avais jamais touchée
Je la veux
Comme si je ne l'avais jamais eue

Dans le reflet du miroir
Elle m'offre ses grands yeux
Elle sourit
Et il n'y a rien d'autre à dire
Que l'envie d'être dans son lit
L'envie d'être dans sa vie

Pour que toutes les fins d'après-midi
Ressemblent à celle-là.

APPELER UN CHAT UN CHAT

C'est une sieste
Qui ressemble à toutes les autres
Et pourtant, elle a le goût
De tout ce qu'on vit pour la première fois

Tu me tournes le dos
Tes fesses contre mon bassin
Mon bras entoure tes épaules
Et ma main est dans la tienne

Les draps se taisent
Mais ils savent qu'il y a une heure
Je te lapais la chatte
Comme le chat lape son lait.

DES REFLETS ROUGES

Il y a des reflets rouges
Dans tes cheveux si noirs
Rouges comme les marques
Que je laisse sur ta gorge

Traces de dents
Pigments carmin

Ton cou comme une offrande
Que tu me fais chaque soir
Une interdiction
Que tu lèves chaque nuit.

n0zam

•••

Apprends-moi à te tuer

et je te jure de ne pas le faire.

Aimé par **atismata.ttoo** et **d'autres personnes**

n0zam Confiance et abandon... suite

LA PIRE

Elle parle sur la pointe des pieds
D'une voix si douce qu'elle sauverait des vies
Et quand je lui dis que j'aimerais m'envoler
Elle murmure :
« Please, stay in hell with me. »

PARENTHÈSE

Sur les draps noirs
Ton soutien-gorge
Blanc

Comme j'aimerais que tu le remettes
Pour te l'enlever
Encore.

WHATSAPP

Les satellites américains
Ont dispersé nos baisers invisibles
Et l'étreinte jamais avouée
De nos corps interdits

C'est une caresse dans l'oreille
Une vibration sous les doigts
Une lumière bleue au fond de l'œil
Mille alertes nous précipitent
Dans la nuit des conversations silencieuses.

GRAND THEFT POEM

Un voleur dans la rue
M'a pris mon téléphone
Sur lequel j'écrivais
Un poème
Ce devait être un mauvais poème
Car il me l'a rendu.

DIS-MOI QUELQUE CHOSE

Mon téléphone est le cimetière
De nos conversations mortes
Et ta photo est une chaise vide
Au milieu des nuits
Qui ne sont plus que des rendez-vous manqués.

SMERALDINE ET ARLEQUIN

Je ne me souviens plus
De la couleur de tes yeux
Mais

Je me souviens de tes lunettes rondes
Que tu enlevais comme une robe
De ton chignon mal fait
Mieux fait que moi
Et de tes mèches folles
Moins folles que toi

Je me souviens de ta
Voix cassée
Voix cachée
Et de ton vélo
Que mes RER
N'ont jamais rattrapé

Je me souviens du livre
Laissé là, devant ta porte
À l'intérieur, j'avais entouré les mots
Que j'étais trop lâche pour t'écrire

Et tu m'as demandé pourquoi
« Pourquoi ? »
Pourquoi les livres devant la porte
Pourquoi les croissants et les cafés
Pourquoi les baisers volés aux yeux de tous
Pourquoi t'arracher tes rires et tes vêtements
Pourquoi ?

Je me souviens d'avoir répondu
« Parce que rien d'autre ne compte
Que de faire des choses folles et inutiles
Parce que je t'aime. »
C'est ce que j'ai répondu
Dans ma tête

Dans la vraie vie, j'ai dit :
« Parce que je m'ennuie. »

Parce que je suis con

Le monde s'est arrêté
Le nôtre aussi
Tu m'as dit de te laisser
Et, comme ça,
C'était fini.

nOzam

Je lui ai offert des roses

comme si nous n'étions pas
en train de faner.

Aimé par **chloebettyj** et **d'autres personnes**

nOzam Bouquet final... suite

C

Oui, je sais bien
Que t'en as des milliers comme moi
Mais les « comme moi »
Ils n'ont que toi.

DEUX SOURIRES

Sur mon bureau, des Polaroids
Traînent
Prennent la poussière

Sous la poussière
Il y a nous deux

Je me souviens de ces photos
Nous les avons prises
Quand tout allait si mal
Que je ne savais pas quoi faire de nous
Que tu ne savais pas
Comment me garder un peu ici, là
Avec toi

Au milieu de tout ce noir
Où nous existions péniblement
J'ai pris mon appareil photo
Et nous avons arraché à l'univers
Deux sourires

De cette époque, il ne reste que
Ces deux sourires
Qui habillent nos visages

Ils se moquent du temps
Ils se moquent de tout
Ils sont immortels
Et ils seront là
Quand toi et moi ne serons plus.

n0zam

•••

Est-ce qu'il t'a plu, au moins ?

Ce moins-que-rien,
qui valait plus que moi.

Aimé par **barzdiskiant** et **d'autres personnes**
n0zam La loi du marché... suite

LE NOUVEAU VOISIN

J'ai un nouveau voisin
Il doit avoir quelques mois
Le matin, quand je fais semblant de travailler
L'après-midi, quand je fais semblant d'écrire
Le soir, quand je fais semblant
Je l'entends pleurer

Il pleure et je ne sais pas si
Cela vient d'en haut ou d'en bas
Alors, c'est comme si l'immeuble entier pleurait
Et c'est un peu vrai

Un gros chagrin étouffé par les murs
Les escaliers noirs
Et les couloirs rouges
Des cris qui font vibrer les câbles de l'ascenseur
Et le métal des boîtes aux lettres
Toujours pleines de rien
Et vides de ce qu'on aimerait y trouver

On a un nouveau voisin
Oui, c'est le vôtre aussi
Et il a déjà bien cerné l'ambiance
Il pleure

De ces pleurs sans caprices
De ces pleurs sans colère
Il pleure comme on réclame
Il pleure comme on questionne
Il pleure comme je pleure
Parce qu'il ne comprend pas tout
Et qu'il commence à s'apercevoir
Que Papa et Maman
N'ont pas la réponse

Bienvenue, petit bonhomme
Bienvenue ici et partout
On fera de notre mieux
Et ça ne suffira pas
Promis.

SONDE LAMBDA ET VANNE EGR, MOTHERFUCKER

En attendant de pouvoir taper de la C
Sur les seins d'une masseuse asiatique
En vendant mes poèmes d'amour
Je vends des pièces détachées
Au téléphone, sur Internet
Peugeot Partner®
Nissan Qashqai®
Foutez-vous de ma gueule :
Un poète qui vend des boîtes de vitesses
Et des jantes en alu 16 pouces
Mais on dit qu'il faut bien vivre
Alors je bien vis
À défaut de vivre bien
Et parmi les armées de cons
De clients méchants
Paranos et complotistes
Qui pensent qu'un vagin est caché
Dans le logo de Volkswagen®
Parmi les menteurs mauvais payeurs
Et les paranos qui t'insultent

Parfois, je sauve une vie (®)
La vie d'un plombier de province
Qui a besoin de son camion pour travailler
Et qui doit travailler pour vivre
« Parce que vous comprenez bien
Monsieur
Que moi j'peux pas rouler comme ça ! »
Alors, parmi les
Pare-chocs
Feu arrière
Crémaillère
Capot
Commodo
Rétro
Berceau avant
Cardan
Enjoliveur
Alternateur
Aileron
Hayon

Boîtier papillon
Injecteur
Catalyseur
Intercooler
Bras inférieur
Compresseur
Radiateur
Pulseur
Moteur
Refroidisseur
J'entends parfois :
« Vous me sauvez la vie ! »
Et ça m'arrache un putain de sourire
À
Chaque
Fois.

TOUT CE QU'ON FAIT

Il y a tout ce qu'on fait
Pour ne pas appeler à l'aide

Ces chansons que l'on murmure
Pour ne pas crier « au secours »

Et ces Mondes que l'on sauve
Pour ne pas sauver le sien

On ferait des miracles
Si seulement on essayait

De faire juste un peu mieux
Mieux que tout ce qu'on fait

Pour ne pas

Appeler

À l'aide.

LES EXISTENCES FANTÔMES

Sur mon bureau, il y a cette pile
De livres que je ne lis pas

La poussière commence à griser
Les touches noires et blanches
Du piano dont je ne joue plus

Les placards débordent
De tout ce que je ne mange pas
Et mon lit est plein
De toutes mes insomnies

Dans mon armoire
Meurent les couleurs
Que j'ai renoncé à porter
Et mon canapé soupire
Des siestes envolées

On s'emmure des étreintes perdues
Et des destins échappés
Et dans nos têtes murmure
Tout ce qu'on ne dira jamais.

PSEUDO-MIGRAINE OPHTALMIQUE

«Depuis combien de jours n'avez-vous pas dormi?»
Le piège à loup autour de ma tête
Serre
Serre
Serre
Aucune pensée ne s'échappe

Mon regard est cassé
Comme un écran de portable
Qu'une petite conne de bourgeoise défoncée
A fait tomber sur le béton froid

En travers du noir de mes yeux
Une lacération teintée
De toutes les couleurs de l'arc-en-ciel

Et en bas à droite, ça clignote, vibre, se dilate
Un parasite au coin de mon œil
Mon œil qui me fait mal
Mes nerfs optiques se tendent
Et m'implorent de dormir

Je n'écoute pas
Je m'accroche
Je gratte
Que Morphée aille se faire foutre

Dans mes rêves, les chanteurs folks sont des tueurs en série
Qui égorgent des femmes enceintes
Et je te pousse par la fenêtre
Comme un chat pousserait une tasse du bord de l'étagère.

 n0zam

Voir le verre à moitié plein

et puis l'éclater par terre.

Aimé par **pascale.senk** et **d'autres personnes**

n0zam Chaotic optimist... suite

À MA MÈRE

À ma mère
À tout ce qu'elle m'a offert de mieux
À tout ce qu'elle m'a légué de pire

Au parfum de son long manteau noir
Lorsque je me jetais contre elle
À la sortie de l'école

À sa folie
À sa naïveté
À son cœur de louve
À sa cruauté, parfois

À tout ce qu'elle a d'irrationnel
À ces milliers de fois
Où elle m'a sauvé la vie
Pour se faire pardonner de me l'avoir donnée

À l'amour de mon père
Qui nous a sauvés

À ses grands yeux noirs
Qu'elle a bien voulu me donner

À l'angoisse
Qu'elle aurait préféré garder

À tout ce qu'elle m'a appris de masculin
À tout ce qu'elle m'a transmis de féminin

À ces mots qu'elle aime tant
À Chopin et Serge Lama
À l'Espagne de son enfance
Et ses petits pieds dans la neige

À ses formules magiques
Qui semblent sauver le monde
À la cuisine qu'elle ne fait pas si bien
Et aux ourlets aux pantalons

À sa coquetterie
Et aux cinq gilets qu'elle porte
Parce qu'il fait toujours trop froid

Le monde sera triste
Le jour où on ne l'entendra plus rire

Mais en attendant, elle rit
Malgré le noir et le silence
Alors le Monde a de la chance

J'ai de la chance.

BLANQUETTE DE VEAU ET TARTE AUX POMMES

Il y aura toujours un peu
Du souvenir de ma grand-mère
Qui habitera le temps
Qu'elle mettait à raccrocher
Le téléphone.

BUMBLEBEE

Il m'arrive souvent
De sauver des abeilles

Je les trouve parfois chez moi
Ou je les ramène de la rue
Où elles s'étaient posées
Sur le béton chaud
Incapables de s'envoler
Clouées par le soleil

Je les pose sur le carrelage frais
Du plan de travail de ma cuisine
À l'ombre de tout, sous ma garde

Dans une cuillère
Je verse quelques gouttes d'eau
Dans l'eau, quelques cristaux de sucre
Et je pose ça là

Alors, timidement, elles s'approchent
Tâtent
Testent
Et je vois leur trompe venir boire
À leur petite oasis privée

Les minutes passent
Elles battent des ailes
J'ouvre la fenêtre
Elles s'envolent
Et je souris
C'est une journée qui n'aura pas servi à rien.

VISION DE COULISSES

Tu portais une robe
De la couleur des baisers
Qu'on ne se donne pas

Une robe longue comme le temps
Qu'il nous faudra
Pour nous retrouver.

nOzam

...

Je veux que tu me fasses du bien.

Même si ça fait mal.

Aimé par **cec.coulon** et **d'autres personnes**

nOzam Je veux tout... suite

PRINTEMPS EN FÉVRIER

Ma tête repose sur ses seins
Et ma main se promène
Sur le bas de son ventre

C'est avant l'amour
C'est après l'amour
Ça n'a pas d'importance

Mes doigts s'aventurent
Doucement

Autour, tout est calme
En dedans, aussi.

UN PAS DE CÔTÉ

Tu vois, ce pas de côté
Que tu fais dans tes descentes
D'alcool, de coke
De cul ou de tout le reste

Quand tes amis sont partis
Et que tu te retrouves seule avec toi
Dans le noir et le silence
De ton lit trop grand et trop froid

Quand tu fais ce pas de côté
Et que tu t'aperçois
Que tout meurt
Que tout s'éteint
Que tout fane
Et ton père et ton fils
Et les rires et les jeux
Et tous tes amours
Tous

Quand tu te rappelles
Que même les photos ne restent pas
Que tout sera oublié
Quand tu t'aperçois
Que tu es assise sur le banc des remplaçants
Sans avoir la moindre idée
De qui remplacer
Et sans la certitude
D'entrer sur le terrain
Avant d'y être enterrée

Tu vois ce pas de côté ?
Tu vois, ce « côté »-là ?
C'est là que je suis né

Tu vois, ce côté-là ?
C'est ici que je vis

Tu vois, ce côté-là ?
C'est de là que je t'écris.

UN DIMANCHE

C'est dimanche
Il est treize heures
Et nous sommes encore au lit
Elle se réveille
Ses grands yeux s'ouvrent sur moi
Elle me regarde
Et exister devient un peu plus facile.

Couverture et conception graphique : Quintin Leeds
Révision : Isabelle Paccalet et Nathalie Reignier-Decruck
Photogravure : Point 11
Iconographie : Pascale Dubreuil-Ferrieux

L'Iconoclaste
26, rue Jacob, 75006 Paris
Tél. : 01 42 17 47 80
iconoclaste@editions-iconoclaste.fr
www.editions-iconoclaste.fr

Achevé d'imprimer sur les presses de l'imprimerie Corlet
à Condé-en-Normandie en février 2022.

ISSN : 2779-9050
ISBN : 978-2-37880-280-6
N° d'impression : 22010222
Dépôt légal : Avril 2022

DANS LA MÊME COLLECTION

LA FAIM DE LEUR MONDE
Akhenaton

LA JOIE ET LE RESTE
Baptiste Beaulieu

DÉCOMPOSÉE
Clémentine Beauvais

MAISON TANIÈRE
Pauline Delabroy-Allard

NUITS SILENCIEUSES
Till Lindemann (traduit par Emma Wolff)

BRÛLER, BRÛLER, BRÛLER
Lisette Lombé

LE DÉRÈGLEMENT JOYEUX DE LA MÉTRIQUE AMOUREUSE
Mathias Malzieu & Daria Nelson

JE SUIS UN GÉNIE
Susie Morgenstern

J'ENVISAGE L'IMPOSSIBLE
Arthur Navellou

EN ARMES !
Sylvain Pattieu

DES FRELONS DANS LE CŒUR
Suzanne Rault-Balet

L'Iconopop

Des textes brefs, intimes
et percutants
Des formes libres et variées
Cris de colère, récits ou poésies

Une littérature d'aujourd'hui
crue et sans tabous

À lire, à dire
À écouter
À vivre sur scène

Une collection dirigée
par Cécile Coulon
et Alexandre Bord